AF325214

VENTE

Du Lundi 14 Mars 1892

A DEUX HEURES

HOTEL DROUOT, SALLE N° 4

BRONZES DE BARYE

Anciennes Épreuves

ŒUVRES DE DAVID D'ANGERS

Médaillons-Portraits de Contemporains

CURIOSITÉS, PORCELAINES

Bronzes du XVI⁰ siècle, Objets de Vitrine

MEUBLES, TAPISSERIES, DESSINS

EXPOSITION PUBLIQUE

Le Dimanche 13 Mars 1892

De 1 heure 1/2 à 5 heures 1/2

COMMISSAIRE-PRISEUR	EXPERT
Mᵉ Maurice DELESTRE	**M. B. LASQUIN**
Rue Drouot, n° 27	Rue Laffitte, n° 12

PARIS — 1892

IMPRIMERIE MAULDE et RENOU

———

A. MAULDE & Cie

IMPRIMEURS DE LA COMPAGNIE DES COMMISSAIRES-PRISEURS

Rue de Rivoli, 144. — Paris

CATALOGUE

DES

BRONZES DE BARYE

ANCIENNES ÉPREUVES

Œuvres de DAVID D'ANGERS

MÉDAILLONS-PORTRAITS DE CONTEMPORAINS

Composant la Collection de M. ***

OBJETS DE CURIOSITÉ

Porcelaines des Fabriques de Russie, de Saxe, de Vienne
et de Chine
Objets de vitrine, Bronzes du xvie siècle, Meubles
Tapisseries anciennes, Dessins

DONT LA VENTE AURA LIEU

HOTEL DROUOT — SALLE N° 4

Le Lundi 14 Mars 1892

A DEUX HEURES

Par le ministère de Me **Maurice DELESTRE**, Commissaire-Priseur
rue Drouot, 27

Assisté de **M. B. LASQUIN**, Expert, rue Laffitte, 12

CHEZ LESQUELS SE TROUVE LE PRÉSENT CATALOGUE

EXPOSITION PUBLIQUE

Le Dimanche 13 Mars 1892, de 1 heure 1/2 à 5 heures 1/2

PARIS — 1892

CONDITIONS DE LA VENTE

—

Elle sera faite au comptant.

Les Acquéreurs paieront, en sus des adjudications, CINQ POUR CENT applicables aux frais de la vente.

A. MAULDE et Cⁱᵉ, imprimeurs de la Compagnie des Commissaires-Priseurs,
rue de Rivoli, 144   500—22252

DÉSIGNATION

—

BRONZES DE BARYE

ANCIENNES ÉPREUVES

1 — Groupe Lion au serpent de la terrasse des Tuileries, patine brune, belle épreuve poinçonnée n° 35. — Haut. avec la plinthe, 26 cent. 1/2 ; longueur de la plinthe, 36 cent.

2 — Taureau tête baissée, patine brune. — Haut. 17 cent.; long. de la plinthe, 28 cent.

3 — Cheval se cabrant, la jambe droite levée, patine brune, épreuve poinçonnée. — Haut. 28 cent. 1/2 ; long. de la plinthe, 31 cent.

4 — Chien basset, patine verte. — Long. de la plinthe, 22 cent.

5 — Cerf marchant, patine brune foncée. — Haut. 15 cent.; long., 16 cent.

6 — Lion assis, patine verte. — Haut., 21 cent.

7 — Élan roulant une pierre, patine médaille. — Haut., 14 cent.; long. 22 cent.

8 — Élan roulant une pierre, cire. — De même grandeur que le bronze précédent.

9 — Cerf marchant, la jambe gauche levée, les bois manquent. — Haut., 31 cent.; long. 22 cent.

> Les trois numéros qui précèdent proviennent de la vente Carlier.

10 — Deux Chiens en arrêt devant un lapin, patine médaille. — Long., 26 cent. 1/2.

11 — Chien et Canard.

12 — Chien guettant une perdrix.

13 — Groupe Cerf et Faon.

14 — Faon debout.

15 — Biche couchée.

16 — Lapin, sur socle en marbre blanc.

17 — Lapin, sur socle en marbre noir.

18 — Lapin, à patine brune, poinçonné n° 38.

19 — Tortue, poinçonnée.

20 — Petite Tortue surmontée d'une cigogne.

21 — Héron, médaillon.

22 — Cerf courant, bas-relief.

23 — Écritoire de forme oblongue à angles coupés, décorée d'une frise de rinceaux, munie de deux anses et reposant sur quatre pieds formés de feuillages. — Pièce très rare, poinçonnée n° 3.

24 — Deux Coupes à têtes de chats, poinçonnées n°s 9 et 10.

25 — Deux autres Coupes semblables, poinçonnées n°s 32 et 33, sur socles en marbre noir.

26 — Petite Lampe à trois chimères.

CIRES DE BARYE

27 — Lion étendu. Cire.

28 — Tigre dévorant un Sanglier. Cire.

PLATRES DE BARYE

29 — Cheval. Plâtre.

30 — Milon de Crotone, Médaillon. Concours de l'École des Beaux-Arts.

ŒUVRES DE DAVID D'ANGERS

MÉDAILLONS

31 — Bonaparte et Kléber. Deux Médaillons en marbre.

32 — Alavoine, 1833. Médaillon en bronze. — Diam. 15 cent.

33 — Béranger, 1830. Médaillon en bronze. — Diam. 13 cent.

34 — Béranger. Médaillon fondu par Eck et Durand. — Diam. 7 cent.

35 — Marc-Isembart Brunel. Médaillon fondu par Richard frères. — Diam. 12 cent.

36 — Gracchus Babeuf. Médaillon fondu par Eck et Durand. — Diam. 17 cent.

37 — Xavier Bichat. Médaillon bronze. — Diam. 185 mill.

38 — Bonaparte. Médaillon bronze. — Diam. 16 cent.

39 — Bonaparte. Médaillon bronze. — Diam. 7 cent.

40 — Chauvelin, 1830. Médaillon bronze fondu par Richard frères. — Diam. 12 cent.

41 — Armand Carrel, 1832. Médaillon bronze. — Diam. 14 cent.

42 — Charlet, 1828. Médaillon fondu par Richard frères. — Diam. 12 cent.

43 — Chevreul. Médaillon bronze. — Diam. 155 mill.

44 — Georges Caning, 1827. Médaillon bronze. — Diam. 13 cent.

45 — Émile Deschamps, 1829. Fondu par Eck et Durand. — Diam. 185 mill.

46 — Baron Desgenettes, 1835. Médaillon bronze. — Diam. 15 cent.

47 — Eug. Delacroix. Médaillon bronze. — Diam. 16 cent.

48 — Casimir Delavigne, 1833. Médaillon bronze. — Diam. 15 cent.

49 — P.-E.-L. Dumont, de Genève, 1831. Fondu par Richard frères. — Diam. 125 mill.

50 — Espercieux, Statuette, 1840. Fondu par Richard frères. — Diam. 17 cent.

51 — Alphonse Esquiros, 1843. Fondu par Eck et Durand. — Diam. 17 cent.

52 — Fabvier (Charles-Nicolas), 1828. Fondu par Richard. — Diam. 15 cent.

53 — Théophile Gautier, 1845. Fondu par Richard. — Diam. 185 mill.

54 — Jean Gigoux. 1844. Fondu par Eck et Durand.— Diam. 17 cent.

55 — Gericault, peintre , 1830. Médaillon bronze. — Diam. 15 cent.

56 — Samuel Hahnemann, 1835. Médaillon bronze. — Diam. 16 cent.

57 — Hérold Rome, 1815. Fondu par Eck et Durand. — Diam. 16 cent.

58 — Maréchal Jourdan, 1828. Médaillon bronze. — Diam. 12 cent.

59 — Kléber, 1831. Médaillon bronze.— Diam. 17 cent.

60 — Kléber, 1831. Fondu par Eck et Durand.— Diam. 7 cent.

61 — J. Laffitte, 1830. — Diam. 14 cent.

62 — Liberté. — Diam. 85 mill.

63 — Labbey de Pompierres, 1829. — Diam. 12 cent.

64 — L'Abbé de Lamennais, 1831. — Diam. 15 cent.

65 — L'Abbé de Lamennais. Fondu par Eck et Durand. — Diam. 7 cent.

66 — D.-J. Larrey, 1832. — Diam. 15 cent.

67 — Manuel. — Diam. 145 mill.

68 — Mme Sydney-Morgan, 1829. — Diam. 14 cent.

69 — Ney (Exécution du Maréchal). — Diam. 9 cent.

70 — Panis, 1830. — Diam. 14 cent.

71 — A. de Pastoret, 1838. — Diam. 17 cent.

72 — E. Pasquier, 1832. Médaillon bronze. — Diam. 15 cent.

73 — Mme Ginditta Pasta di Milano, 1828. — Diam. 12 cent.

74 — Lieutenant-Général Baron Petit, 1840. — Diam. 20 cent.

75 — Hippolyte Poterlet, peintre, 1829. Fondu par Richard frères. — Diam. 12 cent.

76 — L. Prud'homme, 1828. Médaillon bronze. — Diam. 13 cent.

77 — Raspail, 1830. Médaillon bronze. — Diam. 155 mill.

78 — Robespierre, 1835. Médaillon bronze. — Diam. 14 cent.

79 — Robespierre jeune. Médaillon brouze. — Diam. 19 cent.

80 — Richard, fondeur, ami du citoyen David, 1831. — Diam. 165 mill.

81 — Saint-Just. Fondu par Eck et Durand. — Diam. 17 cent.

82 — Les Quatre Sergents de La Rochelle. — Diam. 185 millim.

83 — J. Spurzheim, 1832. — Diam. 14 cent.

84 — Talma. — Diam. 16 cent.

85 — Baron Taylor, 1830. — Diam. 12 cent.

86 — Général Travot. — Diam. 17 cent.

87 — Buste de Béranger, grandeur nature, bronze offert à Béranger, par David, 1834.—Haut. 58 cent. ; larg. 57 cent.

88 — Statuette de Gutenberg, par David, 1829. — Haut. 40 cent.

89 — Statuette de Gutenberg, réduction de la précédente. David, 1840. — Haut. 17 cent.

90 — Mouton, par Rosa Bonheur, bronze patine. Médaille. — Haut. 0^{m}15 ; long. 0^{m}21.

PORCELAINES ANCIENNES

FABRIQUES DE RUSSIE

91 — Service de Table en porcelaine de la fabrique russe de Korzec, à décor de fleurs, composé d'environ quatre-vingts pièces : Soupières, Légumiers, Plats grands et moyens et Assiettes.

92 — Grand Plat rond à bordure gaufrée en vannerie et décor de fleurs, en porcelaine ancienne de Saint-Pétersbourg.

93 — Deux jolies Assiettes creuses de la même fabrique, à décor de paysages avec figures et médaillons de fleurs rehaussés de dorure.

94 — Douze Assiettes de décors variés en porcelaine de différentes fabriques de Russie.

95 — Deux Plateaux ovales et deux Assiettes à bordure ajourée et décorées de fleurs en porcelaine de la fabrique russe de Gardner. Imitation de Saxe.

96 — Cabaret composé de neuf Tasses, avec Soucoupes, un Sucrier, une Théière, un Pot-à-lait et un Bol en porcelaine de la manufacture russe de Walokitin, décor à fond brun avec médaillon et figures.

PORCELAINES DE SAXE ET DE VIENNE

97 — Plat en vieux Saxe, à marli gaufré en vannerie et décor de fleurs.

98 — Plateau ovale et une Assiette en vieux Saxe, à décor de fleurs.

99 — Deux Plats en vieux Saxe, décorés de fleurs en camaïeu carmin.

100 — Deux petits Plateaux forme feuille en vieux Saxe, à décor de fleurs.

101 — Deux Chocolatières et un petit Plateau en vieux Saxe, à décor genre coréen.

102 — Écuelle en Saxe et un Flacon à thé avec quatre Tasses.

103 — Deux Assiettes en Saxe moderne, à bordure gros bleu et décor de figures.

104 — Assiette en porcelaine de Vienne, à riche décor, la bordure à plusieurs zones d'ornements en dorure, le fond représente un Amour conduisant un Dragon sur les eaux. Style pompéien.

105 — Deux jolis Plats ovales et cinq Assiettes en ancienne porcelaine de Vienne, bordure gaufrée et décor de bouquets de fleurs.

106 — Cinq Assiettes, cinq Tasses et cinq Soucoupes
en porcelaine de Vienne, décorées de paysages en
grisaille sur un fond imitant le bois de sapin.

107 — Neuf Assiettes en ancienne porcelaine de Berlin,
à décors variés.

PORCELAINES DIVERSES ET FAIENCES

108 — Deux Assiettes en porcelaine de Paris, de la
fabrique de Dihl, décorées de sujets historiques en
grisaille.

109 — Compotier en ancienne porcelaine tendre de
Tournay, à décor bleu.

110 — Deux Plats de formes et décors variés en ancienne
porcelaine de l'Inde.

111 — Deux Vases en faïence de Niederviller, décorées
de guirlandes.

112 — Un Plat en faïence, décoré en camaïeu vert.

114 — Seize Assiettes en ancienne porcelaine de l'Inde.

115 — Deux Cuvettes ovales en porcelaine ancienne de
Saint-Pétersbourg, décorées de paysages avec figures.

116 — Grand Vase cylindrique en ancienne porcelaine
de Chine, à décor bleu, cavaliers et lambrequins.

117 — Deux Jardinières en porcelaine de l'Inde, avec
monture en bronze doré. Style Louis XIV.

118 — Deux Figurines chinoises en porcelaine, montées
sur des animaux.

119 — Soupière en ancienne porcelaine de l'Inde,
décorée d'une armoirie.

120 — Deux Jardinières en porcelaine de Chine, décor en relief.

121 — Vase ovoïde en vieux Chine, décor émaillé en couleurs, avec bouchon en argent.

122 — Groupe d'Enfants en faïence blanche de Lorraine.

123 — Quatre Pièces : Deux Buires, une Ecuelle en faïence, une Tasse en Capo di Monte.

124 — Couvercle de soupière en ancienne faïence de Rouen, décor polychrome de Guillibaud.

125 — Deux Figurines d'Enfants en biscuit.

126 — Petit Bougeoir et deux petits Pots à poudre en porcelaine française du temps de l'Empire.

127 — Deux Vases en porcelaine du temps de l'Empire, à fond rouge et décor en dorure.

128 — Statuette de Nymphe assise, en biscuit.

OBJETS DE VITRINE

129 — Trois Cannes Louis XV avec grosses pommes d'argent repoussé, à fleurs et ornements variés.

130 — Monocle du temps de l'Empire, en argent ciselé et doré, à cornes d'abondance.

131 — Deux Couteaux Empire, à manches de nacre et garniture de vermeil.

132 — Garniture de livre en or émaillé, de style Renaissance, composée d'un encadrement et de trois fermoirs ornés de figurines d'apôtres.

133 — Broche en or émaillé, style Renaissance représentant Orphée charmant les animaux.

BRONZES, CURIOSITÉS

134 — Encrier en bronze italien du xvɪᵉ siècle, supporté par trois cariatides et surmonté d'une figure d'Amour.

135 — Statuette d'Apollon debout tenant une lyre, bronze italien du xvɪᵉ siècle.

136 — Encensoir gothique en cuivre champlevé et gravé à figures et blasons.

137 — Sonnette en bronze, dans le style du xvɪᵉ siècle, décorée d'un bas-relief à figures antiques.

138 — Aquamanil formé d'un mulet debout, en bronze très ancien du Japon, à belle patine, muni d'un robinet adapté postérieurement.

139 — Deux Pièces : Médaillon rond en bronze, à sujet de deux figures, représentant une Femme à sa toilette et un bas-relief sans fond en bronze : La Vierge assise allaitant l'Enfant Jésus.

140 — Statuette en terre cuite : Femme couchée, écrivant. Style flamand du xvɪɪᵉ siècle.

141 — Trois Reliures du xvɪɪᵉ siècle, à décor très fin, doré aux fers, à rinceaux et ornements.

142 — Polyptyque, gréco-russe, en bronze, émaillé en partie.

Baiser de paix gothique en bronze, avec bas-relief : Vierge et Jésus.

Boîte ronde en argent, entourée d'un ruban.

Neuf pièces : Ornements de meubles et Médailles en bronze et fer, des xvɪᵉ et xvɪɪᵉ siècles.

143 — Mortier en bronze du xvɪᵉ siècle, muni de deux anses et offrant des ornements et un écusson en relief.

144 — Deux Cadres à miniatures, l'un en ébène inscruté de nacre.

145 — Petite Croix avec crucifix en bronze.

146 — Bassinoire en cuivre.

147 — Trois Montures d'éventail Louis XV, en ivoire.

148 — Trois Miniatures : Portraits.

149 — Petite Toilette chinoise en bois de fer.

150 — Deux Flambeaux, style Renaissance, en cuivre.

151 — Statuette de Renaissance en bronze vert.

152 — Deux Statuettes d'Apôtres, en bois sculpté.

153 — Deux petits Cadres en bois sculpté et doré dont un de l'époque Louis XIV.

154 — Petite Pendule en bronze doré en forme de vase, à tête de béliers, sur socle à draperies.

155 — Flambeau soutenu par une statuette de Napoléon Ier debout sur un piédestal, offrant en bas-relief l'épisode du pont d'Arcole.

156 — Statuette de Napoléon Ier debout, en bronze.

157 — Applique en cuivre, à deux lumières, Époque Louis XVI.

158 — Deux Appliques à trois lumières. Style Louis XVI, en bronze.

159 — Cinq Plats italiens du xvie siècle, en cuivre repoussé, à rosaces, divers ornements et inscriptions.

ARMES

160 — Cinq pièces : Rapières et Épées Louis XIII et de style et une Épée de la Restauration, à poignée de nacre.

161 — Sept Dagues de formes diverses dont une avec poignée formée d'une figurine.

162 — Deux paires de grands Éperons à larges molettes en fer.

MEUBLES

163 — Dessus de cheminée, d'aspect monumental, figurant un portique cintré orné de cariatides, de mascarons et de divers motifs décoratifs en bois sculpté de l'époque Louis XIII.

164 — Bureau Louis XV en bois de placage, ouvrant à abattant.

165 — Écran en bois de chêne sculpté. Époque Louis XV.

166 — Table console en bois sculpté. Époque Louis XV.

167 — Commode Louis XIV, en bois sculpté, à dessus de marbre.

168 — Horloge à gaine, en bois de chêne.

169 — Deux Armoires anciennes.

TAPISSERIES ET ÉTOFFES

170 — Tapisserie de la fin du xvi⁰ siècle, à sujet de verdure avec fontaine de Jouvence, animaux et oiseaux, entourée d'une bordure de fleurs.

171 — Tapisserie Louis XIII, à sujet de figures de musiciens villageois.

172 — Tapis persan ancien à dessin symétrique sur fond rouge, velouté à œillets et arabesques.

173 — Feuille d'écran Louis XIV en tapisserie au petit point à sujet de figures.

174 — Broderie de soie à fleurs sur fond de drap vert.

175 — Draperie de dalmatique en application de broderie de soie.

176 — Un Col, deux Manchettes en guipure et une Barbe en dentelle ancienne.

177 — Une Pochette Louis XVI en soie brodée à fleurs.

DESSINS

178 — Dessin de Coypel : Portrait d'Homme.

179 — Huit Dessins à la sépia, par Augustin Fauchery, exécutés vers 1830 pour l'*Almanach des Demoiselles*.

180 — Dessin ovale à la mine de plomb : Portrait de jeune Femme.

181 — Divers Dessins et Gravures encadrées.

182 — Portrait d'Homme, Pastel du temps Louis XV.

183 — Deux petites Gouaches, par Pillement : Paysages.

184 — Deux Gouaches : Fleurs et Oiseaux.

185 — Dessin à la mine de plomb : Scène militaire, attribué à Charlet.

186 — Pastels : Portrait de jeune Femme en buste, époque Louis XV.

187 — Tableau attribué à Alfred de Dreux : Piqueur et deux Chevaux.

188 — Petit Tableau sur bois, attribué à Eisen : Enfant assis jouant avec des roses.

189 — Dessin : Tête de jeune Femme. Sanguine.

190 — Dessin attribué à Watteau de Lille : Scène familière.

RED. :

19

BIBLIOTHEQUE NATIONALE DE FRANCE

****

CHATEAU DE SABLE

1996